그 여름
별자리를
만나다

도서출판
작가마을

그 여름 별자리를 만나다

초판인쇄 | 2020년 5월 1일
초판발행 | 2020년 5월 10일

지 은 이 | 박숙자
편집주간 | 배재경
펴 낸 이 | 배재도
펴 낸 곳 | 도서출판 작가마을
등   록 | 2002년 8월 29일제 2002-000012호
주   소 | 부산광역시 중구 대청로 141번길 15-1 대륙빌딩 301호
        T. 051248-4145, 2598 F. 051248-0723 E. seepoet@hanmail.net

ISBN 979-11-5606-146-5   03810   정가 10,000원

※ 이 도서의 국립중앙도서관 출판예정도서목록CIP은 서지정보유통지원시스템 홈페이지
  (http://seoji.nl.go.kr)와 국가자료공동목록시스템(http://www.nl.go.kr/kolisnet)에서
  이용하실 수 있습니다. (CIP제어번호 : CIP2020015809)

그 여름
별자리를
만나다

박
숙
자 시집

길을 떠났습니다.

정해진 길은 없었지만 돌아오는 길은

한 가지라는 걸 깨닫고 옵니다.

가야 할 곳을 찾아 헤매던 그 길

놓지 않고 한 권으로 묶어봅니다

부족하지만 끝나지 않은 길,

오래도록 갈 수 있길 소망합니다.

늘 함께 하는 마루동인

감사합니다.

2020년 봄

박숙자

그 여름
별자리를
만나다

박숙자 시집

제1부

나를 버린다

옷장 문 열 때
보석 박힌 단추 굴러 떨어진다
허세로 즐기던 내 모습
갇혀버린 순간이
그 안의 습기로 살고
옷걸이에 걸린 나는
해마다 드라이로 자세를 고친다

복잡하게 걸린 옷들은
여러 얼굴로
붙잡고 사는 변명이 되어
부풀린 칫수 만큼
가질 수 있는 여유였을까
살아내는 자기 위안이었을까

삶의 군더더기
의류 재활용통 속에
곰팡이로 옮겨 붙는 욕심도 버리고
너절한 나도 버린다

백봉령에서 쉼표

뱀처럼 휘어진 길
구심점을 벗어나지 않으려
핸들에 의지했다

잠시의 여유 없이 휘둘러대던
산다는 꼬리표
오르려고만 했던 시간들이
굽이 돌아가는 이정표가 되고
발아래 선 산 자태
오늘만큼은
아름다운 여행길 동반자다

하늘과 맞닿은 백봉령 정상에서
이리 저리 끌고 다니던
욕심이었던 것들
내 삶의 전쟁을 내려놓는다

취하다

흔들리는 술잔
욕망이 내려앉고
목 안으로 흘러 넘긴 뜨거움
취한 불빛에
비틀거리지 않으려고 춤을 춘다

소용돌이 속으로 거듭 태어난
뿌리로 일어서는 의지
더 강해야 하는 이유가 되었을까

스스로 만들어 가는
겉도는 세상의 몸부림
그토록 고집했던 길은
또 어디로 이끄는 침묵이 될지

잔꾀도 부릴 줄 모르는
나를 누르는 무게에
그냥 취한들 어떠랴

능소화

해 질 무렵
고개 끝에서
하염없이 바라본다
꽃길 따라 건너간
시누이는 흔적이 없고
어머니는 멀리 있는 듯
그렇게 기다림으로 세월을 사신다

그림자라도 비치지 않을까
발소리라도 들을까 귀 기울이며
죽어서도
임금을 기다리는 소화의 혼이런가

다독다독 가슴 씻어
한 곳으로 발돋움하는 시선
창녕국도 79번
능소화가 핀 길에
그 여인
애절한 기다림 꽃으로 번진다

화원에서

향기를 따라 그 곳을 찾는다
겨울을 지나온 자리만큼
말로는 표현 할 수 없는 색들이
자꾸만 서두르는 마음을 잡는다
작으면 작은 대로
거스르지 않는 자연
영혼마저 일상에 뺏기는 나는
화장을 해도
옷으로 가려도
헐벗은 느낌이다
한 뼘 정원에 자연을 심고
뿌리 내리며
곳곳에서 '툭' 터지는 봄을 산다

엄마의 들판

잔 수염 까칠한 기억들
바람으로 일어나
속내 아는 방향으로 흔들린다

뻐꾸기는 기억을 나르고
함께 바라보는 구순의 엄마는
지팡이에 세월을 기대고 서 있다

어떻게 살아냈을까
먼 우물가에서 길어온 물
가난을 메울 때꺼리가 없어
'맏이는 내동댕이 쳤다' 한다

그토록 길었던 봄날
잘 살아낸 오후의 들판
"참, 배부르다"
육 남매만큼 서로 기대고 기대
한 몸짓이 된 보리밭을 보면

타작을 앞둔

잘 익은 엄마의 들판
한 발, 한 발 더딘 걸음으로 걷고 있다
중년의 내 걸음도 천천히

눈이 멀다

운동장을 돌고 돌았다
눈을 감고 숨죽인 감각들 의지한 채
조회대 옆을 지나고
벚나무를 지나
배구대 기둥이 나를 치지나 않을까
얕은 계산으로 몸 사린다
낮에 보았던 그 부부
지팡이에 길을 맡긴 채
두려움도 없고
낯설음도 없이 꼭 잡은 손과 손
세상 이끄는 믿음 하나
길을 밝혀 가는 나들이

눈꺼풀 하나 사이 두고
사각 틀 안에 가둔 세상은
눈 뜨고 보이는 것들이
허욕으로 눈멀게 함을 안다

사잇길에서 길을 묻다

누군가 지나간 자리
수없는 발자국이 길이 되었다
여럿이 걸어도
혼자만의 공간이 되는
강으로 이어지는 그 길
헝클어진 일상이 따라붙어
자꾸만 흔들리는 갈대들이
내 머릿속처럼 어지러웠다
아주 느린 걸음으로
세상을 쫓다보면
끝이 보일 것 같아
걷고
또 걷고
몇 갈래로 난 길
가야 할 길을 나는 물었다

어머니, 그 이름

검은 입 안
꾸역꾸역 밀어 넣어도
삼켜지지 않는 시간들
한여름에도 손이 시리다

거친 수세미로
그 세월 닦아내고
짚불 당겨 온기를 데운다
말이 없다
굽은 허리 평생 땅만 보고
한숨 가득한 어머니는
가마솥을 닦아 있다

평생 당신 손톱 밑 가시도
들여다보지 못하고
모진 시집살이 지나면
자식이 목에 걸린 가시로
내어주기만 하는
화수분 같은 사랑

아버지, 그 이름

추석 전 날
아버지는 야윈 어깨로
대문 앞 서성인다
집집마다 찾아오는 자식들
고왔던 내 딸도
다시 돌아올까

속에서 이는 불덩이
얼마나 크길래
못가에 목숨 놓고
육신만 품에 안겼다
속살 비치도록 맑은 영혼
작은 얼룩에도 마음 다쳐
이승에서 딛다 간 자국만 남기고

아버지
그 세월 되짚어
가슴에 돌덩이 얹어 놓으신다

토마토가 익고 있는 금지네

바둑판으로 짜놓은 강동 벌판
도시 골목은 간판이라도 있지만
문패도 없는 허리 긴 집들
온 들판 개 짖는 소리
두엄 냄새가 사람을 반긴다

기계보다 빠른 손놀림
앞치마에 땀내가 쉬어가도
토마토 맛 자랑이 늘어나는 부부
돌아가는 인부들 손에
아내가 담은 봉지 대신
박스를 안기는 남편
헤픈 정에 아내는 타박이지만
그 맛에 인심이 들고 날고

사람이 그리운 막내 금지는
비닐하우스를 들락날락
아껴두었던 무언가를 자꾸만 선물한다
한 입 베어 문 토마토 향기다

밤새 열린 토마토
낮이면 금지네 밥이 되고
옷이 되고 이불이 되어 돌아오는
도시로 나간 붉은 토마토
차광망으로 햇볕은 가려도
가족의 든든한 지지대
금지네 토마토 사랑은 오늘도 익어간다

안식을 꿈꾸며

가끔씩 몸을 누인다
고단한 하루를 살아내고
지고 다니는 오십견도 잠시
붙들고 싶은 것
숨기고 싶은 것
물 흐르듯 흔들리면서
온전히 놓아버린다
수고했다
수고했다
그 안식 속에 숨는다
잘 정리된 서랍 안 서류 꺼내듯
접었다 폈다
결 따라 씻어낸다
내가 기대고
기대면서, 또 흔들리면서
나를 흔드는 것도
그냥 내 몸이 되고
풀어내는 흔적 그대로
거품으로 휘감아보는 휴식
오늘도 한겹 옷을 입는다

길이 지나간다

길을 향해 누우면
길이 지나간다
러닝머신에 올라
멈출 수 없는 시간이 돌아가고
가쁜 호흡
들끓는 생각들
안간힘 썼던 끈들
잠시 놓아버린다

길을 이은 맥
온천천 아래로 흐르고
흩날리던 봄날 꽃으로 지고
여름이 짙은 잎들이
발바닥에 붙은 피로 쓰다듬는다

물처럼 흐르는 이치
역류하려다 쌓인 욕심
견디다, 놓을 수 없어서
신발처럼 벗겨진 영혼 잠이 든다

우리는 방학 중

아이를 깨운다
나를 흉내 낸 자지러지는 소리
알람도 지친다

아이는 놀 거리를 쫓아
구석을 찾는다
못 보게 하는 텔레비젼
어느새 가져간 핸드폰
책은 펴도
글자가 날아다니고
귀에는 이어폰, 잔소리 차단제

눈 뜨면 시작 될 학습 행렬
나조차 피하고 피하고 싶은데
느린 걸음
건성건성 수학도, 영어도 지나가고
밋밋한 일기로 끝이 난다

사춘기로 접어 든 탁구공
밤새 어디로 튀었는지

길기도 한 아침
꿈속에서는 네 자유다

돌배나무 세 그루

봉평의 밤은
빨리 산을 찾는다
미리 마중 나온 불빛에 이끌려
장승 달린 열쇠 달고
고단한 일과를 풀어놓는다
퀼트로 한 땀, 한 땀
정성으로 지은 방 안에
이유 없어도 깔깔깔 웃음이 있고
지나간 날의 수다가 가득
각자의 그림에 담아온 시도 보태고
술 한 잔 사주지 않았다는 노랫말 속
인생에게도 노래 불러 주었다
일개미처럼
자신에게 틈 주지 않았던
그 동안의 우리
오직 나만의 밤을 즐기며
땅 밑으로 오는 얼음
우리를 녹여준 그 분의 따뜻함에
가슴 깊숙이
숙소 이름 돌배나무 세 그루 심어 놓는다

흰여울 길에서 만나다

부표처럼 흔들리다
바위처럼 큰 파도더미 휩쓸려
자맥질하는 생각들

집을 이고 다니는 저 배는
밤이면 습관처럼 등을 내다 걸고
빈속에 담배 연기 감겨들어
진저리친다
날마다 멀미를 앓다
나침반이 보이지 않는다

과감히 포기하지 못하는
비늘 가진 생선들이
네게서 아직도 호흡을 놓지 않았구나

닻을 내려라
닻을 내려라
일어나는 저녁 안개는
흥건히 젖어 생각을 이기다

7번 올렛길에서

귤 밭 사이를 지나
7번 올렛길을 걷는다
태풍 링링의 흔적이 지나간 자리
머리 풀고 흔들린 야자수 나무는 기억하고
수십 년 소나무가 길을 막고 꺾였다
절벽을 향해 파도는 위로 하지만
중간 중간 막혀진 길
인생 같아 서늘함을 느낀다
시크릿가든을 지나
연동 연대 미로 길에 짧은 휴식
이어진 길을 찾았는데
쉽게 길이 열리지 않는다
길이 없어도 우리는 길을 찾고
가야 할 길이 있어
걸음을 멈추지 않는다
어디가 끝인지 알 수 없어도
새로운 길은 설레게 하고
잠시 쉬어가더라도
가야 할 길에 설레임으로 길을 찾는다

집으로 가는 길

강변대로로 달리면
저무는 하루 해는 지친 듯 붉다
주변을 온통 물들이고
초생달이 작게 걸린다
집으로 이끄는 다리마다
따뜻한 등불이 켜지고
자동차들은 등불 품고 집으로 간다
저마다 지고 다닌 하루
짐 풀고 누울 공간
일터에서 꾹꾹 눌러온
다 드러내지 못한 나
오늘 못 다 한 일들도 내려놓고
완전한 휴식의 집
바쁘게 나온 곳이지만
돌아가는 길은 가로수도 보이고
다리 위의 가로등도 보이고
따뜻한 세상이 보인다
조금 모자란 듯 하지만 잘 견뎌왔고
내일이 또 있기에 오늘을 내려놓는다
집으로 가는 길
나의 쉼터

그 여름
별자리를
만나다

박숙자 시집

제2부

강이 흐른다

한 굽이 돌아서면
너를 잊을 수 있을까

목숨줄 감아쥐던 사랑도
기억으로 흐려지고
그 때의 나를 기억하는지
강줄기는 노을에 젖어있다

훑고 가는 바람 소리에
허기를 느낄 때마다
긴 소용돌이를 잠재우는 곳

지금
바위로 앉아
내게 남은 눈물이 있다면
그것마저도
내가 되는 법을 배운다

관찰 일기

돌아누울 수도 없는 공간
다져진 흙 속에 숨은 씨앗
아침마다 물주며 깨운다
이 주일 째, 겨우 고개 내밀고
싹이 났다 싶더니 녹아내린다
자식도 준만큼 자란다고
믿음이 거름이 되고

며칠 사이 초록이 보인다
이번에는 살려야지
손가락 크기로 웃자라더니
못 견디고 만다
지나친 관심이 숨이 막혔나 보다

무관심이 휴식이었는지
힘 있게 오르는 싹
세상에 내놓아도 될 아들 같다
홀로 화분에 옮겼다
마음껏 뿌리내리도록

가끔 바람이 흔들고 가더라도
마음대로 풀리지 않는 갈증에도
잎을 틔우는 과정일거야
엄마는 너를 세우는 지주가 되어 줄게

밑둥으로 부터

습관으로 사는 일상
밑둥부터 시작하고 싶었다

질퍽한 늪
뒷덜미 잡아끌고 빠져드는 세치 혀
싹둑 잘라내고
손바닥만 한 오지항아리에
오늘을 길어 올리는 뿌리를 심는다

쉽게 젖어 지내는 깊이
그 축축함에 길들여져
나는
너한테 베풀었기 때문에
너는 내 자식이기 때문에
때문이란 당당함에 자꾸만 느끼는 갈증

새순이 자란다
이미 준 것은 비우고
줄 것만 생각하는 밑둥으로 지내련다

일기장 속의 하루

아이의 교실을 닦는다
비질 할 때마다
먼지 되어 오르는 희미한 얼굴들
닦아본다

책걸상 밀고 당기는 소리
긴 막대 걸레에 걸리는
톡톡 튀던 아이들의 웃음소리
30년을 건너와 지금 교실에 서 있다

봄꽃처럼 순식간에 번지는 그 날들
짝지랑 책상 금 그어가며
만들던 일기장 속의 하루
화장실 청소를 해도 돌아가고 싶은데
분리된 책상을 쓰는 아이
어떤 모습으로 기억할까

나는 엄마다

온통 절망뿐인 현실 앞에
희망이 일어나고 있다
내 아들의 고운 숨결

웃고 있는 얼굴에 녹아내린
짜고 쓴 맛을 도로 삼켜
자식에게 주는 사랑
저린 관절에
꾹꾹 한숨을 누른다

현기증을 앓아도
든든한 나무이어야
내가 될 수 있는 이 봄에

막 시작한 걸음마로
아이는 몸살을 앓고
무딘 잇몸 사이로
하얀 치아가 차오른다
엄마의 엄마
엄마의 엄마가 사랑으로 지켜온 품
그래서 난 엄마가 된다

만성치주염

'그렇다더라'
염치없이 삼켰다, 세상의 소문

살면서 뱉지 못한 말
잇몸을 녹여 먹고
삼켜야 할 거짓들이
구취로 들러붙었다

얼마나 지독한 형벌인지
날마다 시간을 저당잡힌다
할 수 있는 일이라곤
입이 아닌 아가리를
찢어지도록 크게 벌려주는 것

치아 밑에 걸쳐진 진실한 아우성
잔인하게 긁혀도
신선한 삶을 우걱우걱 씹고 싶다

그 시골에는

지난 풍년에
묵은 대추가 늘어지게 자고 있다
사납던 누렁이 큰 눈 껌벅이며
꼬리를 흔든다

물도 팔고
공기도 팔고
양심도 팔 수 있어요

시골은 이제 정물이 아니다
혀끝의 맛보다 예민하다
토종,
질긴 고기를 질경질경 씹어야 확인되는
둔해져가는 도시인

산성비가 내를 메우고
신토불이로 잘 포장된 마을
수입품 같은 무지개 떠 있다

오늘도 취한다

비틀거리며
골목으로 들어서는 남자
눈이 먼저 울고 있다

쳇바퀴의 하루
술로 채워
이루지 못한 꿈
많은 이유 중에 네 탓이 더 많다

잘난 세상
날카로운 모는
늘 생채기를 내고
너는 용서해도
또 다른 너는 분노에 살고

혓바닥 같이 삼켜내지 못하는 남자
조방 앞 곱창거리에는
연기로 피워 올리는 넋두리가 파다하다

참 다르다

고기를 절인다
삶의 비린 맛
마늘과 술로 재우고
부질없는 생각, 잡내도 없앤다

촉촉하고 바삭함
참 다르게 사는 우리는
품을 수밖에 없어서
당신을 안고 기름 속에 뛰어든다

지쳤던 애증
끓어오르는 기름 속에서
가볍게 일어선다
엉켜 붙었던 집착이 떨어진다

저녁 찬의 양념처럼
내 맛으로 길들이지 않고
그렇게 배인 맛으로 살아보련다

건강 주문

반나절 대기 상태
줄 서기만으로
영혼이 털리는 건강 검진은
건강 챙기기 보다는
생명을 저당 잡히는 하루
주말에 한꺼번에 쏟아 부은 인간 폭격기
짜증 섞인 직원들 목소리는
숨 쉬기 장애다
모르고도 살았는데
아는 게 병이 될 수 있겠다
샐러드 맛집처럼
붐비는 사이 겨우 차례가 되고
X-레이에 투과되는
가식이 부끄럽다
피를 뽑히고 각종 장비에 혼탁한 정신
"기다림의 긴 줄, 생명의 길이가 짧아진다"
유병장수 시대에
건강 맛집이라도
치유되어야 하는 곳에서
지치는 건강 주문을 한다

남천동 네거리

사방으로 난 길
길을 잃을 때가 있다
신호를 바꾸어가며
사람들이 지나간다
인파에 묻혀
구포국수집 창 앞에 앉는다
사무실에서 나온 사람
은행 찾는 사람
식사 메뉴 찾는 사람
걱정거리 지고 가는 사람
수없이 길을 묻는 발을 본다
길을 잃고 있는
젊은 날의 내가 거기 있다
누구를 탓할 시간도 없던 날
휘저어 한 젓가락
성급한 한 끼 채운다

서울역에는

5월 서울역에는
성급한 여름도 있고
떨쳐내지 못한 겨울도 있고
안주하고 싶은 봄도 있다
시간 이동 시키는 에스컬레이트를 타고
맞이방에 서면
여기는 언제나 낯설다
품고 사는 것들이 다 다르듯
모인 사람들로 왁자한 역 안
장거리 연애로 반가움에 얼싸안는가 하면
군대로 돌아가는 헤어짐에 손을 놓지 못하고
시린 이별을 하고 있다
통장으로 잠시 머무는 월급처럼
설렘 한가득
발걸음 잠시 머물고 가는 풍경
뒷걸음질하는 길 위에
내 쉼도 풍경이 된다

그대를 맞으며

  – 시작하는 이들을 위한 기도

저 만큼 오시는 이
어떤 모습으로 오실지
발꿈치 높이 들고 나무가 됩니다

멀리서도 향기가 되는
벚꽃 만개할 무렵
온 동네 열리는 꽃잔치

세상의 좋은 말, 흔한 말 보다
설렘도 기다림도 여문 씨가 되어
바람막이가 필요할 때
그 바람에 가끔씩 지칠 때
꺼내 보려 합니다

거친 땅에 뿌려져도
질긴 뿌리 부둥켜안고
그 안에 자라는 새순
거름이 되어 주며

세상의 넓이가 보이면

서로 그늘도 되어 주고
그대 가슴에 나는 물소리
그대 무릎에 나는 바람 소리
함께 품을 수 있는 숲으로 살아갔으면

세월이 내게 안긴다
- 아들

품안에 안기는 여섯 살 아들
세월이 내게 안긴다
차가운 볼 살
노란 웃음꽃을 들고
와락 안긴다
창밖을 지나는 풍경은
바람개비 풍선처럼 뱅글뱅글 시간을 돌리고
어느새 이만큼 자랐을까
따뜻한 온기의 무게
오래 내 품 안에 머물러다오

갯벌에서

바다의 허파
생명이 시작 되는 곳
이렇게 이루어졌을까

훑어 헹구고 간 썰물의 뒷자리
맛조개 한 마리
긴 혓바닥 내밀고
말을 건넨다
망에 걸려든 백합만큼
만만한 삶이라면
너도 걸려들고 만다고

세상의 욕심
모래로 삼키고
말없이 이루어지는 자연의 질서
헤집던 심포 갯벌에
바다는 시간을 덮고
밀물에 우리는 되돌아온다

육교를 건너다

금방이라도 계단을 오를 것 같아
눈을 붙박아 두고
생각은 빠른 기억을 건넌다

너를 만난 적이 있었는지
간간이
흑백사진처럼 스쳐가는 모습들이
낯설어질 때마다
빗줄기는 형상을 지워내고 있다

단절된 시간
봉합된 편지
침묵이 한꺼번에 쏟아져
덧내고 말 아픔이 두려워진다

서로 가는 길에
함께 한 기억 하나로
너를 향한 다리를 놓고 싶어진다
이 기다림의 버팀목으로

오후 그 찻집에는

군고구마가 익고 있는 난롯가
무릎 마주대고 앉았다
살면서 여기 저기 타버린 옹이
그 껍질 벗겨내고
마음 공간 우려낸 메밀차 곁들이면
참 따사로운 오후
사람으로 냉기도 되고
사람이 온기도 되는
겨울 끝의 봄
잘 말린 장작 밀어 넣으며
활활 불꽃 이는 찻집
네모 긴 창가
주병 항아리에 매화꽃이 피고
혼을 불어놓은 도자기 화병은 정물이 되는 그 곳
등받이 의자에 기대 사람 냄새를 맡는다

쌈 배추 한 상

산이 한 팔 두른 분지 안
농부는 김장 배추 걷어가고
까치밥 남기듯
덜 여문 배추 몇 잎 남겼다
막다른 길에서 만난 여행객은
이삭을 주워 아침을 차린다
영혼을 채울 따뜻한 밥상
식탁에 마주 앉아
쌈 배추 한 상 차려놓고
소담한 일상에 그저 행복해한다
고기반찬이 아니라도
행복을 만끽할 수 우리는
달달한 배추쌈으로
강원도의 맛을 제대로 느낀다

제3부

간절곶에서 봄을 기다리다

소나무 숲을 지나면
따뜻한 품이 열린다
바다는 아이처럼 재잘대고
아이들은 양손 그네를 탄다
어른을 모시고 소풍 나온 가족들은
자리를 지키며 예쁜 모습 눈에 담는다
휴일 하루, 가족의 행복이 사는 에너지로 채워지고
햇살 받으며 가만히 걸어도
충전되는 행복
쉼터에 걸터앉아
내게로 다가오는 파도와 얘기 나누고
커다란 우체통에 내 마음을 보낸다
겨울 속에 봄날 같은 오후
내 몸에도 겨운 행복이 오고있다

남도의 봄

온 몸 씻어내도
남도의 봄맛이 묻어난다
동백 숲 따라 만난
붉은 잎 심장에 꽃이 필 때
수백 년 키워온 백련사 배롱나무
이제 막 물을 끌어올린다
계절을 넘기고 돌아올 잎들
잘 참아온 말 다듬는 중
다산 초당으로 이어진 길 걸으며
수없이 봄의 소리를 듣는다
내 안에도 봄의 소리
취한 듯 젖는다

3월의 운문사

연꽃잎에 싸인 듯
산으로 둘러 앉아
세상을 막아낸다

장작더미에서
내 안의 불 끌어내는 비구니
합장하는 두 손에서
수선화는 피어나고

소소한 일상들
어깨로 어깨로 번져와
벚꽃으로 만개하고

소문처럼 떠도는 세상을
처진 소나무는
분수되어
끌어안는다

행복이 날아오다

― 호접란

창가에 앉아
목마른 겨울 보냈다
살아 있다고 수없이 외쳐도
그 말, 듣지 못했다
작은 목소리로 놓치는 게 얼마일까
힘없어서, 가난해서
함부로 무시당하는 외침들
또 얼마일까
낮은 자세로 봄날을 기다리며
제 몸 양분 꺼내
생살 헤집는 산고 치르고
젖몸살 앓는 봉오리로 거듭난다
내 몸 빌어 태어난 듯
저리고도 아픈 행복
푹 젖어서 흥건한 이야기로
빛을 향한 한 방향으로 기울고
꽃대에는 아우성이 자자하다
나비가 앉은 듯

산수유

가지치기를 한다
우듬지까지 밀어올린 봄
퍽퍽한 가슴에 물이 오르고
가지마다 꽃눈으로 열려도
날카로운 톱날은 거침이 없다

잘려지는 가지가 기우뚱거린다
당신이 기우뚱거린다
대를 이은 목신
잘리고 싶지 않은 자존심

웃자란 가지 잘리고
진한 수액으로 자신의 상처 문지르며
놓고 싶지 않은 겉치레 잘라내어
뿌리로 딛고 나무가 된 당신

겨우내 참았던 열정
꽃눈 뚫고 나온 긍정의 힘
노란 불꽃 축제가 열린다

여름 밤

천문대 옥상에 누워 별을 본다
자꾸만 성냥불 그어대는 저 별
엄마가 된 내 심장에 박히고
불 밝힌 반딧불이처럼
엄마 가슴 헤집어 별 하나 불러낸다

달빛을 낮 삼아 깨 털고
물동이에 별 담아 와 저녁 짓고
한숨도 사치라 하얗게 웃던 엄마
젖은 풀 모깃불 피워
평상에 누인 자식들 부채질로 재우고
오일장에 내다 팔 고구마순
밤새 다듬으셨지
손톱 밑에 천상의 푸른 진액을 감추며

별똥별이 쏟아지는 날
천체 망원경으로도 볼 수 없는
그 여름 별자리를 만난다

가을이 내게

빈 들판에 서 있는
허수아비와 어깨를 걸고
흔들리다 보면
허기를 잠재울까

배아가 없어도 무수히 순만 틔우는
추수가 끝난 그루터기
겨울을 지낼 것도 아니면서
가을만 되면
삐죽이 돋고야마는지
아무렇게나 싹 틔운 마음 갈래
맨발로 잘근잘근 밟아
아픔을 덧바르고
함께 상처를 보듬으면
비로소 생기는 안도감

먼지 하나로 시작되는 가을앓이
쓸어내어도
닦아내어도
그 안에는 또 한 겹
먼지 같은 이름이 인다

품다

마당 한 켠 배부른 항아리들
품고 있는 자연이 있다
바람과 햇살로
청매실이 익고
돌복숭아, 아카시아
향과 맛이 발효되고 있다
쇠비름과 칡으로 담근 진액
우리 언니 관절 풀어준 귀한 단지
하나 하나 열다 보면
건강한 하루에 빠지고
몇 년 묵힌 효소들
주머니에 갇힌 이야기처럼
향기로 갇힌 항아리
자연이 향을 품어낸다

눈

가슴으로 휘돌아간 바람
이름 짓지 않아도
결국은 내가 된다
꿈꾸지 않으려 올려다 본 하늘
의미를 물으며
눈물이 된다, 비밀 하나도 숨기지 못하는
엷은 감정의 덫

느닷없는 겨울 손님은
날개 달린 설레임으로
한 장의 엽서로
어깨에 얹힌다

그 바다

새벽을 안고도 잠들지 못해
바닷가 마을을 서성인다
아득한 날
그리움 보다 진한 체온
내 안으로 부서져
바다를 이루고

잊으려 했던 게
무엇이었을까
다가가다 파도로 돌아눕는
이 만큼의 거리
소금기 절인 아픔이
눅눅히 고여 드는 아침 안개로
너인 듯 깔리고 있다

나방 한 마리가

송정 바닷가 나방 한 마리
차창에서 잠시 쉬다
돌아 갈 수 없는 곳으로 유영한다
예고 없이 움직이는 차 위에
잘못 앉은 자리, 짧은 휴식
당황한 날개가 떨리고 있다
정차 할 때마다
순간의 선택에 대한 두려움으로
움찔만 해도 저리는 오금
간간이 파닥여본다
겁 없이 뛰어든 불나방 사랑일까
앞만 보고 질주하는 우리 모습일까
허기진 마음에 허겁지겁 삼킨 것들
목 끝에서 체한 듯 하다
긴 여행 끝에서 잠시 돌아보고
멀리 내다 볼 수 있는 그런 여유
우리에게 잠시 휴식이 필요하다

춤추는 구엄리

바람이 일면
바다는 리듬을 타고
춤추는 무대가 시작 된다
사는 게 날마다 축제 일 수는 없지만
주어졌을 때는 즐기자
흘러가는 대로 몸을 맡기고
오늘만 살 것처럼
속에 든 모든 것들 털어내며
흥에 겨워 보자
놓치는 리듬인들
표현하고 싶은 자기 흥이면 좋으리
감격한 열정으로
쏟아내고도 채워지는 그 넉넉함
구엄리에는
아직도 축제가 끝나지 않았다

바라보다, 백운포

퇴근길 광안대교에 오르면
마음은 오늘도 달려가는
네가 있는 그 곳
내 품에서
너는 바다를 품고
바다는 남자로 거듭나게 한다
주고도 모자라는
놓지 못하는 내 방식의 사랑
놓을 때가 넘었다는 걸
뼛속 까지 알아도
완전히 놓지 못하는 나는
가슴에서 수시로 바람이 인다
언덕길에서 백운포를 바라보듯
적당한 거리에서
우리가 함께 바라보는 시간도
사랑임을 언제 쯤 알 수 있을까

그 여름
별자리를
만나다

박숙자 시집

제4부

신데렐라를 꿈꾸며

뭐가 있을까
발꿈치 세워 맛보는 세상

여기 저기 잡힌 물집
뾰족한 뒷굽
발가락 숨통을 조이고

천석꾼은 천 가지 걱정
만석꾼은 만 가지 걱정
건강만 챙기라고 어머니는 말씀하셨지

나의 하루는
뒷굽 높이만큼 커진 과욕으로
흔들거렸다

사람 사는 세상

밥은 먹었어?
편한 안부를 묻고
지친 얘기를 들어주는
네 이웃이 되었으면 한다

키보드와 모니터를 오가며
숫자로 실적을 평가하는
거리에 살고 있어도
배기통 여섯 달린 목청
수시로 귀를 후벼 파는
공간이 되고 싶지 않다

외근 후 돌아올 때
말랑한 도넛 한 봉지
기대 하지 않았던 짧은 감동
단계 나누지 않고
'그렇구나' 인정이
보이는 것도 믿으면 안 되는 세상

고단한 구두굽 소리

처진 어깨 감지하고
조용히 힘이 되어주는 따뜻함
기운이 전해지는 공간이고 싶다

대천천의 아이들

해 떨어지기 전
대천천에는 아이들이 모인다

도복을 입은 채
학원 가방을 내팽개친 채
더위를 몰아 물속으로 첨벙인다

곤두박질치는 소용돌이에
물고기를 발견하고
포충망으로 수십 번 자맥질
더위 한 숨을 떠낸다

기억을 건너는
징검다리 밟으면
결 따라 흐르는 물
거스를 수 없는 세월이 흐른다

흙탕물 미꾸라지 되던 시절
친구들 이름을 부른다
내 이름을 부른다

등줄기 땀방울, 지나는 바람
꾸물꾸물 기억을 부르고
대천천의 아이들은 자란다
물감 번지듯 추억이 자라고

지하철에서

목적지는 없어도
방향은 알려준다
지천명을 따른 나이에
길을 잃고 싶다

끝없이 뒤이어 오는
시간 궤도 위
한 겹 먼지보다 가벼운 스침
아이와 눈 맞춤을 하고
매끈한 다리, 롱부츠 아가씨
부러운 눈이 꽂히고
두 손 꼭 잡아 쥔 연인을 바라보고
내 늙음도 거울에 비춰보고

자동문이 열리고 닫힐 때마다
현실은 닫아두고
지나온 문이 열린다

감기를 앓으며

허술한 구멍마다
기웃대던 바이러스
나는 바람막이도 되지 못해
무너지고 말았다

목 안까지 파고드는 호흡
그렁그렁 호랑이 울음소리 내다
잔기침으로 헤진 목소리
웅웅거리는 진공 속에 갇힌 듯 하다

한기가 어깨를 짓누른다
바람에 밀린 하루가
머릿속에서 덜렁덜렁하고
한겨울 문풍지 가슴을 열면
슬픔 같은 날들이여

쓰디 쓴 약, 혼미한 정신 무너뜨릴 때마다
이불 속으로 작아지는 나를 숨긴다

내가 경험해서 안다

'섬마'라는 동네를 벗어나 본 적 없는 어머니
어떤 상황이라도
'그런 적이 있었다더라'로 이야기는 시작되고
하얗게 웃으시며
소녀도 되었다
새댁도 되었다
수십 년 과거를 오르내리신다

소달구지 타고
밀양 평촌으로 피난 갔던 일
집이 불타 남의 집 행랑채에 기거하던 일
중학생이 된 딸이 엽총에 맞은 일
울먹이다, 웃다 밤을 밝히고
내가 경험해서 안다
까치가 집을 올려 지으면 한 해 날씨가 좋고
내려 지으면 태풍이 잦다
평생 땅과 나눈 대화
자연에서 이치를 찾고

농한기를 맞은 어머니의 겨울

단내 같은 이야기보따리를 풀어 놓으시고
부산에서 겨울을 난다
낮에는 논밭 곡식들에게
밤에는 벽을 보고
그 많은 얘기 풀어 놓으실 것 같아
나는 미리 그 들판이 되어준다

축제
   – 천년의 소리 대금 앙상블 연주에 부쳐

불을 지피듯 그 깊은 곳 호흡
대나무 골짜기를 돌아 나온 천 년의 소리
코끝에서 심장을 울린다

겨울잠 자던 내 몸의 감각이 열리고
얼음 밑으로 흐르는 물소리
어느덧 장단이 되어 어깨를 들썩이게 한다

둥둥둥 막힌 곳을
사정없이 두드려주는 북소리
가뭄 끝에 파내는 우물의 치솟는 물줄기
이미 가슴에 너른 웅덩이가 들어서고

숨죽인 대금 연주에서
조용히 박자를 맞추던 장구소리
신들린 두들김에 넋을 놓아버렸다

휘휘 돌아가는 장구소년
상모 끝의 휘감김에 나도 돌아가고

동구 밖에서 사람들 불러 모으는
아이 같은 날나리
드디어 모두가 하나 되는 축제
가슴마다 지핀 불씨
활활 타오르는 천년의 소리
혼이 살아있다

남해에서

– 독일마을

심장을 타고 흐르는 불빛
이 다리를 지나면
온 몸 피돌기마다 색을 밝히려나
저음의 축제 리듬을 타고
이국 풍경에 기대를 잇는 연육교

그림자로 나앉은 섬들
등불 밝혀 주어도
길이 보이지 않는다
갈림길마다 길어 물어도 대답이 없네

물건마을 언덕
동화 같은 집들이 꿈꾸고 있다
가난했던 시절
검은 막장 뚫고 빛을 찾아간 그들
보이지 않는 길을 뚫고 또 뚫고
하루만큼 무거워지는 환자들의 무게마다
무거운 향수에 몸살 앓으며
이제사 잠이 들었나 보다

뼈, 살 깎아 튼 집 다 놓고
말만 들어도 멀미나는 고향
어쩌면 또 다른 타국이 될지라도
돌아오는 길
순한 꿈이 하얀 벽으로 마을을 이루었네

휴식

먹물 한 점 그은 듯
어둠이 삼킨 강물
마음껏 속내 풀어놓아도
더 검을 게 없다

쏟아져 내린 폭우도
그 안에 잠들고
급정거된 자동차 소음도
그 안에 잠들고
묶여진 배 한 척 쉬고 있다

꽁초의 꿈

갈증까지 빨아들이고 나면
폐부는 안개로 깔리고
잠시나마,
묶여진 끈들 느슨해질테지

거친 세상 불씨 하나 품고
날고 싶은 꿈
꽁초로 날리고

누군가 밟고 또 밟고
날리다 뒹굴어도
바람막이 되어준 전봇대 옆
꽁초의 꿈은 타오른다

네 등을 의지해 일어서고 싶다
일어서고 싶다
완전히 태워 가벼이 날고 싶다

엄지발톱

키처럼 자라는 버팀목
뿌리내리려 세운 촉수

아버지의 어깨처럼
당당해 보여야 한다

술로 풀고자 했던
세상과의 흥정
가로막는 족쇄였을까
스스로 피멍이 들고 말았다

야금야금 갉아먹고 있다
혼탁한 틈을 타서
깊숙이 잠식했다

세상에 던져진
엄지발톱
기형으로 자라고 있다

얼굴에서 지워낸 기억

잡티 뿌리 내린
엉거주춤한 여자가
누워있다

레이저에 겨냥된
살아왔던 그림자
천천히 지우면
거울 속에 나를 찾아내고
기억 저 편에서도 잊혀지려나

노폐물 걸러낸 듯 누적된 하루
지글지글 태워 버리고
피를 타고 온 몸을 도는
어둠을 태워버린다

매듭 하나

내 나이 마흔이면
살아온 흔적

반 쯤 고이면 넘칠까
허우적거리는 반란이
게으름을 비웃는다

둥글어서 안을 수 있는 세상
어느새 모가 나
멈출까 조바심 내며
내 것이었던
내 생각이었던 것이
저 편 끝에서 맴돌기만 하는데

아직 놓지 못한 숙제
쉽게 지치지 않는 샘 하나 가지고 싶다

삶의 줄다리기

반으로 나눠 들었다
공평한 삶 한 조각
튼튼한 줄에 매달려
위로도 받는다
사람 간에도 이런 줄 하나 있으면
생각과 놀다
정신없이 끌려간다
죽비를 내리치듯 한 총 소리
또 한 번 기회가 주어지고
바닥을 팠다, 다시는 끌려가지 않으려고
피멍이 들도록 끌어당긴다
내일 모레면 앓을 몸살이라도
지금을 놓칠 순 없다
각오도 한 방향
잠자던 희망의 줄
내 편으로 힘껏 당겨 함성을 울린다

자전거만 남았네

아버지는 가시고
헛간에 짐자전거만 남았네
당신을 일으키듯 세워보지만
키 작은 나는 벅찼다
자전거와 시름을 하고
곤두박질을 거듭하며
당신이 끌고 간 시간
나는 굴리고자 했다
힘겹게 돌리고 간
당신의 앞뒤 바퀴는 겉돌고
세월만큼 길어진 다리
혼자 설 수 있을 때
삶의 중심에서 풀어내는
당신의 커다란 짐자전거

숲 터널 아래서

벗나무 터널, 사계절 다른 길
겨울이 와도 잎을 놓지 못한다
때가 되면 놓는
내려놓는 연습이 필요하다
가는 것은 가는 대로
오는 것은 오는 대로
거스르면서 안는 상처
오늘을 살면서
벗어나지 못하는 어제가 걸린다
나무들이 나이테로 남기듯
몸이 기억하는 대로 맡기고
순간만 붙잡고
순간에 살다보면 끝이 열리겠지

그 여름
별자리를 　박숙자 시집
만나다

해설

●

기억의 박물학

전 구(문학평론가)

기억의 박물학

– 시를 사는 사람

전 구(문학평론가)

"감각은 뚜렷한 혹은 미묘한 사실들을 그대로 분명하고 확실하게 인지하지 못한다. 감각은 현실을 아주 잘게 쪼갠 다음 그것을 다시 모아 의미 있는 형태를 만든다. 감각은 우연한 표본을 받아들인다. 감각은 하나의 예에서 여러 가지 의미를 뽑아낸다. 감각들은 서로 의논하여 그럴듯한 예를 찾아내고, 작고 정밀하게 판단한다. 인생은 모든 것에 빛과 풍부함을 부여한다."1)

> 누군가 지나간 자리
> 수없는 발자국 길이 되었다
> 여럿이 걸어도
> 혼자만의 공간이 되는
> 강으로 이어지는 그 길
> 헝클어진 일상이 따라붙어

---

1) 다이앤 애커먼, 『감각의 박물학』(작가정신,2004), 10면.

자꾸만 흔들리는 갈대들이
내 머리 속처럼 어지러웠다
아주 느린 걸음으로
세상을 쫓다보면
끝이 보일 것 같아
걷고
또 걷고
몇 갈래로 난 길
가야 할 길을 나는 물었다

– 「사잇길에서 길을 묻다」 전문

　박숙자의 시는 호흡이 고르고 단정하다. 화려한 수식이나 까다로운 기교 없이도, 삶의 참맛을 보여준다. 그는 변화의 가능성보다 시간의 견고한 힘을 믿고 지키는 사람이라, 그의 시편에선 기억의 휘광이 성운星雲을 이루고 있다. 반짝이는 항성처럼 '그'라는 지시대명사를 자주 활용하는 시인은 거기 '그 자리에' 있었던 섬세한 기억의 감각들을 환기하여, 바로 여기 '이 자리'에 '기억의 박물학'을 구현해낸다. 굳이 폴 발레리의 시론을 빌자면, 휘적휘적 걷는 그의 보폭은 무용에 가까워 보이고, 서정성이라는 시의 본바탕에 충실한 화법을 구현하는 것이다. 시인은 시를 쓰는 게 아니라, 좋은 시를 사는 일이다.
　삶과 길은 유사한 속성을 공유하고 있다. 둘 다 어딘가를 향해 길게 뻗어있고, 사람은 땀을 흘리며 그 위를 걸어가야만 한다. 출발지와 목적지가 분명한 길은 삶의 유한성有限性을 증명하는 표지이기에, 어느 길에서든 우리는 노정路程에서 움직이는 상태로 "끝"을 향해 나아간다. 시인은 "혼자만의 공간"인 길 위에서 "헝클어진 일상"과, "흔들리는 갈대"들을 견디며 "아주 느린 걸음으로" 또 "한 발, 한 발 더딘 걸음으로"(「엄마의 들판」), "걷고/또 걷고" 구도자의 마음으로 걸음을 내디딘다. 시인에게 있어 사잇길에서의 "가야 할 길을 나는 물었다"라는 질문은 생의 시작에 대한 물음도 아니고 소멸에 관한 질문도 아닌, 지겨울 정도로 이어지는 '생의 지속성'에 대한 진중한 고민이라고 할 수 있다. 우리는 다만 걷는 것이다.

> 귤 밭 사이를 지나
> 7번 올렛길을 걷는다
> 태풍 링링의 흔적이 지나간 자리
> 머리 풀고 흔들린 야자수 나무는 기억하고
> 수십 년 소나무가 길을 막고 꺾였다
> 절벽을 향해 파도는 위로 하지만
> 중간 중간 막혀진 길
> 인생 같아 서늘함을 느낀다
> 시크릿가든을 지나
> 연동 연대 미로 길에 짧은 휴식
> 이어진 길을 찾았는데
> 쉽게 길이 열리지 않는다
> 길이 없어도 우리는 길을 찾고
> 가야 할 길이 있어
> 걸음을 멈추지 않는다
> 어디가 끝인지 알 수 없어도
> 새로운 길은 설레게 하고

잠시 쉬어가더라도
가야 할 길에 설레임으로 길을 찾는다

- 「7번 올렛길에서」 전문

사방으로 난 길
길을 잃을 때가 있다
신호를 바꾸어가며
사람들이 지나간다
인파에 묻혀
구포국수집 창 앞에 앉는다
사무실에서 나온 사람
은행 찾는 사람
식사 메뉴 찾는 사람
걱정거리 지고 가는 사람
수없이 길을 묻는 발을 본다
길을 잃고 있는
젊은 날의 내가 거기 있다
누구를 탓할 시간도 없던 날
휘저어 한 젓가락
성급한 한 끼 채운다

- 「남천동 네거리」 전문

길에 대한 금언金言과 생의 전경全景을 보여주는 시이다. 시인
은 "길이 없어도 우리는 길을 찾고", 또 "걸음을 멈추지 않"으
며, 길이 "인생 같아 서늘함을 느"낀다고 진술하며, 종종 "길을
잃을 때"도 있다고 말한다. 사실 시는 투박한 방식으로 전개된

다. "태풍 링링의 흔적"이 남은 자리에는 "수십 년 소나무가 길을 막고 꺾"여 있고, "머리 풀고 흔들린 야자수 나무", "시크릿 가든"을 지나는 과정까지 괄괄하게 서술하면서, 오히려 태풍이 할퀴고 간 섬의 현장을 효과적으로 전달하는 것이다. 문장의 속도감에 의해 독자는, 지나간 태풍 "링링"의 영향권에 있는 것 같은 기시감을 느끼게 되고, 또한 올레길을 빠른 걸음으로 종주하는 듯한 독특한 분위기를 체감하게 된다.

시인은 걸으면서 보들레르가 말한 '산책자'의 시선을 유지하며, 생의 풍경과 사물의 변화를 유심히 관찰한다. "구포국수집" 안에는 "사무실에서 나온 사람/은행 찾는 사람/식사 메뉴 찾는 사람/걱정거리 지고 가는 사람/수없이 길을 묻는 발" 등 다양한 군상이 어우러져 있다. 시인은 '남천동 네거리'에서 "인파에 묻혀" 혼란스러운 와중에도, 타자에 대한 관찰과 거리설정을 통해 "길을 잃고 있는/젊은 날의 내가 거기 있다"고, 자아自我의 본디 자리를 모색하는 것이다. 이처럼 대상을 통해 시적화자의 위치를 자리매김하는 서술은 "두 손 꼭 잡아 쥔 연인을 바라보고/내 늙음도 거울에 비춰보고"(「지하철에서」)에서도 나타나는데, 시인이 '우리'라는 공동체의 관계성에 대한 고찰을 통해 '자아'의 자리를 바로 봄을 살필 수 있다.

군고구마가 익고 있는 난롯가
무릎 마주대고 앉았다
살면서 여기 저기 타버린 옹이
그 껍질 벗겨내고
마음 공간 우려낸 메밀차 곁들이면
참 따사로운 오후

사람으로 냉기도 되고
사람이 온기도 되는
겨울 끝의 봄
잘 말린 장작 밀어 넣으며
활활 불꽃 이는 찻집
네모 긴 창가
주병 항아리에 매화꽃이 피고
혼을 불어놓은 도자기 화병은 정물이 되는 그 곳
등받이 의자에 사람 냄새를 맡는다

– 「오후 그 찻집에는」 전문

위의 시에서 '우리'들은 "잘 말린 장작"이, "활활 불꽃 이는 찻집"에서 "군고구마"와 "메밀차"를 나눠 마시며, "참 따사로운 오후"를 보내고 있다. 시인은 우리 공동체의 사이를 "사람으로 냉기도 되고/사람이 온기도 되는" 것이며, "사람 냄새"를 공유하는 관계로 풀어내고 있다. 이를테면 동료, 친구를 뜻하는 영단어 컴패니언Companion은 함께Com 빵pan을 나눠먹는 사람–ion을 뜻한다. 시인의 말을 빌자면, 우리 공동체란 "무릎 마주대고 앉"은 지근거리에서, 음식을 나눠 먹으며 체온을 공유할 만큼 밀접한 사이를 가리키는 것이다. 시에서 그 "겨울 끝의 봄"에 사람과 사람을 건너며 불어나는 "온기"가, 마치 메밀차의 향이 은은히 번지는 것 같은 효과를 내는 감각적인 시이다.

연꽃잎에 싸인 듯
산으로 둘러 앉아
세상을 막아낸다

〉
장작더미에서
내 안의 불 끌어내는 비구니
합장하는 두 손에서
수선화는 피어나고

소소한 일상들
어깨로 어깨로 번져와
벚꽃으로 만개하고

소문처럼 떠도는 세상을
처진 소나무는
분수되어
끌어안는다

- 「3월의 운문사」 전문

시인은 '봄'을 소재로 한 시를 여러 편 썼다. 시 「화원에서」는
봄을 "말로는 표현할 수 없는 색"들이 "향기"를 내는 계절이라
말하며, 나는 봄에 "화장을 해도/옷으로 가려도/헐벗은 느낌"이
든다고 했고, 시 「남도의 봄」에서는 "온몸 씻어내도/남도의 봄
맛이 묻어난다" 걸으며, "수없이 봄의 소리를 듣는다"고 진술한
다. 위의 시에서 '봄'을 묘사하기 위해서 "비구니"의 "합장하는
두 손에서", "수선화"가 피어나며, "소소한 일상들"이 "벚꽃으로
만개"한다는 빼어난 표현을 활용하고 있다. 이러한 봄의 이미지
는 "가난을 메울 때꺼리가 없"(「엄마의 들판」)었던 또 "고단한 하루
를 살아내고"(「안식을 꿈꾸며」), "마음껏 속내 풀어놓아도/더 검을

105

게 없"(「휴식」)던 겨울의 시절을 지나서야 느낄 수 있는 달콤한 선물 같은 것이다. 시인은 '봄'의 화사함을 통해서 곪고 해묵은 과거의 기억들을 품안에 "끌어안"고자 한다.

마당 한 켠 배부른 항아리들
품고 있는 자연이 있다
바람과 햇살로
청 매실이 익고
돌복숭아, 아카시아
향과 맛이 발효되고 있다
쇠비름과 칡으로 담근 진액
우리 언니 관절 풀어준 귀한 단지
하나 하나 열다 보면
건강한 하루에 빠지고
몇 년 묵힌 효소들
주머니에 갇힌 이야기처럼
향기로 갇힌 항아리
자연이 향을 품어낸다

– 「품다」 전문

품안에 안기는 여섯 살 아들
세월이 내게 안긴다
차가운 볼 살
노란 웃음꽃을 들고
와락 안긴다
창밖을 지나는 풍경은
바람개비 풍선처럼 뱅글뱅글 시간을 돌리고

어느새 이만큼 자랐을까
따뜻한 온기의 무게
오래 내 품 안에 머물러다오

- 「세월이 내게 안긴다」 전문

시 「품다」는 봄의 식감食感을 활용하여서, 시인이 지향하는 '품'의 포용적 세계관을 효과적으로 드러내고 있다. 마당 한켠에 있는 "배부른 항아리" 속에서 청매실, 돌복숭아, 아카시아, 쇠비름, 칡 등이 발효되고 있다. 발효와 숙성은 물질의 상태변화를 야기한다. "바람과 햇살"을 양념처럼 버무려 숙성시킨 "몇 년 묵힌 효소들"은 시인에 의해서 "우리 언니 관절 풀어"주는 "주머니에 갇힌 이야기"로 화학적 변화를 일으키는 것이다. 자연의 소산이 독성毒性을 버리고 약藥이 되는 바는 항아리가 스스로의 속을 비우고, "품어내"기 때문에 가능한 일이다.

비움으로써 타자를 향해 개방적 태도를 견지하는 '품'의 포용적 자세는 「세월이 내게 안긴다」에서도 찾을 수 있다. 시에서는 품에 "안기는 여섯 살 아들"을 제유법提喻法을 통해서 "세월이 내게 안긴다"라고 표현한다. 세월은 "뱅글뱅글 시간을 돌리"듯, 풍경과 아들, 시적화자를 동시에 움직여 "어느새 이만큼 자랐을까" 묻게 만들만치 날래게 움직이는 것이다. 그런데 풍경風景은 시적화자를 둘러싼 바탕의 세계를 말하는 게 아니었는가. 즉 내가 아들을 품에 안듯이, 세월이 낸 '나' 또한 풍경의 품에 안겨있는 것이다. 그래서 아이의 "따뜻한 온기"가 "이만큼 자"라 내게 "와락 안"기는 형태는, 내가 아이의 품에 안기는 상호작용이면서, 동시에 풍경 속에 우리가 안겨있는 모습, 그리고 세월이라

는 거대 우주Cosmos 안에 풍경과 우리가 안겨있는 형태를 포괄
적으로 드러내고 있다.

> 천문대 옥상에 누워 별을 본다
> 자꾸만 성냥불 그어대는 저 별
> 엄마가 된 내 심장에 박히고
> 불 밝힌 반딧불이처럼
> 엄마 가슴 헤집어 별 하나 불러낸다
>
> 달빛을 낮 삼아 깨 털고
> 물동이에 별 담아 와 저녁 짓고
> 한숨도 사치라 하얗게 웃던 엄마
> 젖은 풀 모깃불 피워
> 평상에 누인 자식들 부채질로 재우고
> 오일장에 내다 팔 고구마순
> 밤새 다듬으셨지
> 손톱 밑에 천상의 푸른 진액을 감추며
>
> 별똥별이 쏟아지는 날
> 천체 망원경으로도 볼 수 없는
> 그 여름 별자리를 만난다

– 「여름 밤」 전문

시인은 기억의 종국終局에 어머니를 마주한다. 위의 시에서 시
인은 "옥상에 누워 별"을 보며, "성냥불 그어대는 저 별" 유성流
星을 보며 엄마를 만난다. "그 여름"의 엄마는 "달빛"이 가득한

밤에도 "깨 털고", "저녁 짓고", "젖은 풀 모깃불 피워/평상에 누인 자식들" 재우고, "손톱 밑에 천상의 푸른 진액을 감추며", 고구마순을 "밤새 다듬으셨"다. 밤하늘을 영사막처럼 두르고, 영상처럼 상영되는 엄마의 "하얗게 웃던" 모습은 눈으로 확인할 수 없는 바는 물론, "천체 망원경으로도 볼 수 없"다. 다만 "엄마가 된 내 심장"과 "불 밝힌 반딧불이"의 감성으로만 공감하며 느낄 수 있는 것이다.

시인은 종종 "쓰디 쓴 약, 혼미한 정신 무너뜨릴 때마다/이불 속으로 작아지는 나를 숨"(「감기를 앓으며」)기고, "삶의 군더더기/의류 재활용통 속에/곰팡이로 옮겨 붙는 욕심도 버리고/너절한 나도 버린다"(「나를 버린다」)며 세상살이의 어려움 때문에 자아를 숨기고 은폐하려는 시도를 보인다. 그런 가운데 "온통 절망뿐인 현실 앞에/희망이 일어나고 있다/내 아들의 고운 숨결", "엄마의 엄마/엄마의 엄마가 사랑으로 지켜온 품/그래서 난 엄마가 된다"(「나는 엄마다」)며, 어머니를 "화수분 같은 사랑"(「어머니. 그 이름」)이라고 표현한다. 세계에서 가장 큰 품이란 모성母性의 가슴이 아니겠는가. 이미 "구순의 엄마는/지팡이에 세월을 기대고서"(「엄마의 들판」)있을 만큼 노쇠하였지만, "자식도 준만큼 자란다고/믿음이 거름이 되고", "세상에 내놓아도 될 아들"처럼 내가 장성하여, 또 나의 아이가 성장하고, 다시 "엄마는 너를 세우는 지주가"(「관찰일기」)되고 마는 것이다. 시인은 '기억의 박물학'을 통해서 궁극적으로 어머니 됨, 어머니의 품을 말하고자 하였다.

벚나무 터널, 사계절 다른 길
겨울이 와도 잎을 놓지 못한다
때가 되면 놓는

내려놓는 연습이 필요하다
가는 것은 가는 대로
오는 것은 오는 대로
거스르면서 안는 상처
오늘을 살면서
벗어나지 못하는 어제가 걸린다
나무들이 나이테로 남기듯
몸이 기억하는 대로 맡기고
순간만 붙잡고
순간에 살다보면 끝이 열리겠지

-「숲 터널 아래서」 전문

　다시 길이다. 시인은 삶生을 길에 비유하면서, "아주 느린 걸음으로" 걷겠노라, 또 그리 "세상을 쫓다보면/끝이 보일 것 같"(「사잇길에서 길을 묻다」)다라고 했다. 그렇다면 길에서 발견한 혜안은 무얼까? 길에선 "멈출 수 없는 시간이 돌아가고", "가쁜 호흡/들끓는 생각들/안간힘 썼던 끈들/잠시 놓아버"(「길이 지나간다」)리며, "길을 잃고 싶다"(「지하철에서」)라고 한다. 자연의 순리에 따라 나무가 잎을 "때가 되면 놓"고, "나무들이 나이테로 남"듯, 삶도 "몸이 기억하는 대로"살며, "내려놓는 연습이 필요하다"는 말이다. "가는 것은 가는 대로/오는 것은 오는 대로", "순간"에 충실하여 사는 일, 그리고 "순간에 살다보면 끝이 열리겠지"라고 말한다.

　시인은 지금을 살고 있다. 지금, '그' 기억을 소환하여 매만지고 품으며, 보다 나은 지금을 일구고자 한다. 그것은 기억 속 "손톱 밑 푸른 진액을 감춘"(「여름 밤」) 어머니의 마음이고, 다시

나의 마음이기도 하다. 그리고 시에서 말하는 '끝'이란 종결의 지점이 아닌, 연속된 지금 혹은 극화된 지금으로서, '내'가 없어도 만물을 품고 보듬을 '대자연의 마음' 일컬을 것이다. 개인적으로 좋은 구절에 밑줄을 치면서 읽다가 보니, 원고에 밑줄이 가득했다. 마지막 한 마디를 덧붙이자면, 시인은 시를 사는 사람이다. 좋은 삶을 살아야 한다. 시인은 좋은 시를 살아야 한다.